泰戈尔诗歌精选

季羡林题

1908年时的泰戈尔

1889 Aug. 10

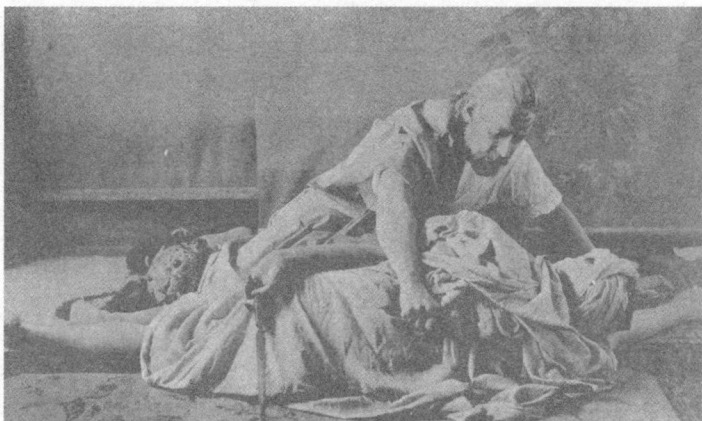

泰戈尔在诗剧《牺牲》中扮演罗库波迪

泰戈尔与长兄

1930年9月访问苏联时的泰戈尔

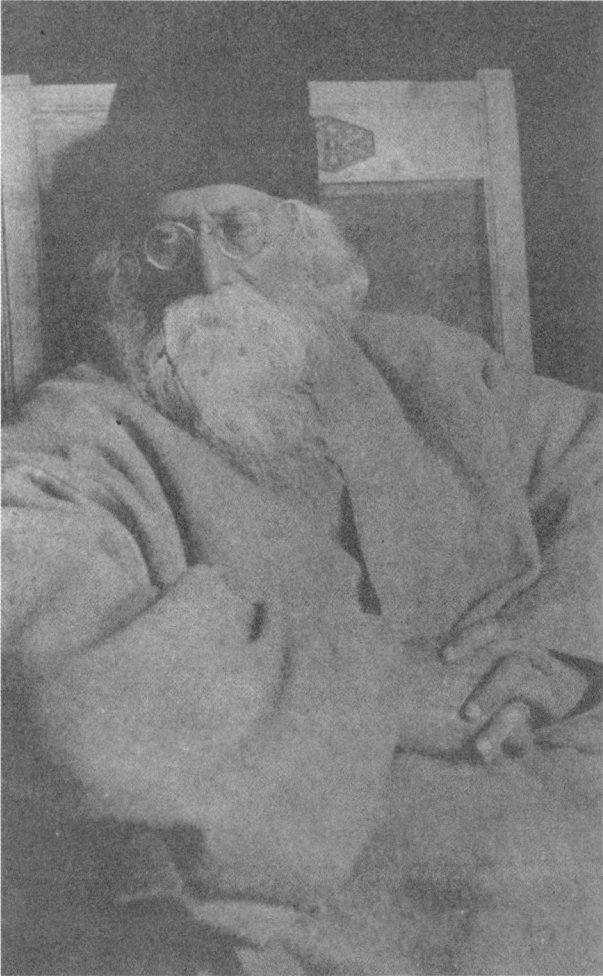

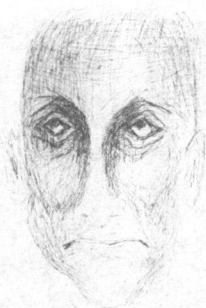

素描头像（泰戈尔画）　泰戈尔在诗稿中所作的画1

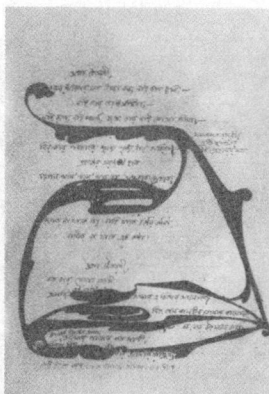

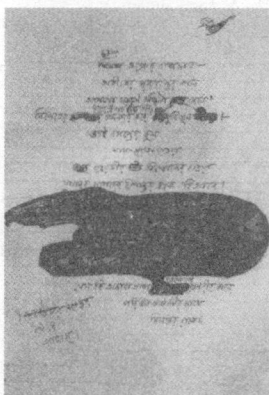

泰戈尔在诗稿中所作的画2　泰戈尔在诗稿中所作的画3

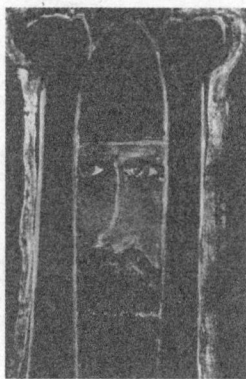

怪人（泰戈尔画）　　　雕像（泰戈尔画）　　　怪诞（泰戈尔画）

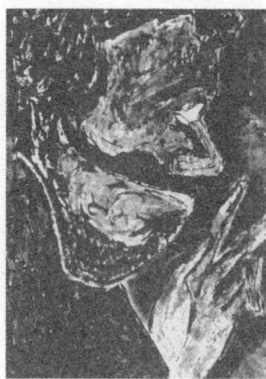

泰戈尔诗歌精选

哲理诗

在
时光之海
上航行

泰戈尔 著
董友忱 编

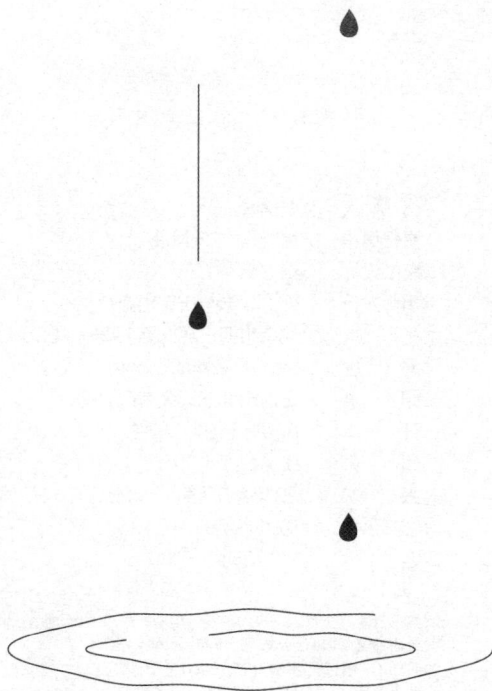

阅读公社
Reading Commune

外语教学与研究出版社

北京

图书在版编目（CIP）数据

在时光之海上航行：哲理诗 ／（印）泰戈尔著；董友忱编．—北京：外语教学与研究出版社，2015.4（2015.11 重印）
（泰戈尔诗歌精选）
ISBN 978-7-5135-5973-7

Ⅰ．①在… Ⅱ．①泰… ②董… Ⅲ．①诗集－印度－现代 Ⅳ．①I351.25

中国版本图书馆CIP数据核字（2015）第091495号

出 版 人　蔡剑峰
责任编辑　徐晓丹　向凤菲
装帧设计　覃一彪
出版发行　外语教学与研究出版社
社　　址　北京市西三环北路19号（100089）
网　　址　http://www.fltrp.com
印　　刷　三河市北燕印装有限公司
开　　本　889×1194　1/32
印　　张　6.5
版　　次　2015年5月第1版 2015年11月第2次印刷
书　　号　ISBN 978-7-5135-5973-7
定　　价　26.90元

购书咨询：（010）88819929　电子邮箱：club@fltrp.com
外研书店：http://www.fltrpstore.com
凡印刷、装订质量问题，请联系我社印制部
联系电话：（010）61207896　电子邮箱：zhijian@fltrp.com
凡侵权、盗版书籍线索，请联系我社法律事务部
举报电话：（010）88817519　电子邮箱：banquan@fltrp.com
法律顾问：立方律师事务所　刘旭东律师
　　　　　中咨律师事务所　殷　斌律师
物料号：259730001

目 录

序

序

郁龙余

全世界的诗歌爱好者都对泰戈尔心存感激。他以72 年的诗龄，创作了 50 多部诗集，为我们奉献了如此丰富的佳作，真是独步古今。

善良、正直是诗人永恒的本质。睿智、深邃和奔放是诗人不死的魂魄。泰戈尔赢得了一代又一代中国人的尊敬和喜爱。在教育部推荐的中学生课外阅读书目和大学中文专业的阅读参考书目中，均有泰戈尔诗集。

泰戈尔作品在中国的广泛传播，得益于冰心、徐志摩、郑振铎等人。他们搭起语言的桥梁，将泰戈尔迎到了中国。然而，泰戈尔绝大多数作品是用孟加拉语写的，从英语转译犹如多了一道咀嚼喂哺。这次由董友忱教授编选的"泰戈尔诗歌精选"丛书的最大优点是，除了冰心译的《吉檀迦利》（由泰戈尔本人译成英语）、《园丁集》和郑振铎译的《飞鸟集》外，全部译自孟加拉语原文。这样，就保证了文本的可信度。

泰戈尔七十多年的创作生涯，给我们留下了大量优美的诗篇。"泰戈尔诗歌精选"丛书从哲理、爱情、自然、生命、神秘、儿童6个方面切入，囊括了泰戈尔诗歌创作的主要题材。也就是说，"泰戈尔诗歌精选"丛书各集的选题是正确的。接着就是选诗的问题了，到底能否做到精选？泰戈尔和其他诗人一样，创作有高潮，也有低潮；有得意之作，也有平平之作。如何将泰戈尔的得意之作选出来，优中选优，这就需要胆识与才气了。这套丛书的选编者董友忱教授，完全具备了这种胆识与才气。作为一位著名的孟加拉语专家，《泰戈尔全集》的主要译者之一，董友忱教授既对泰戈尔作品有着极好的宏观把握，又对其诗作有着具体而深刻的体悟，同时还具有精益求精的完美主义精神，这是我建议董友忱教授编选这套丛书的全部理由。经过两年的努力，"泰戈尔诗歌精选"丛书终于编选完毕，这是董教授交出的漂亮答卷。

我相信，"泰戈尔诗歌精选"丛书一定会得到中国读者的喜爱。

"有限"中的"无限"

"有限"中的"无限"，
　　你演奏独特的乐曲。
你在我的中间
显得那样甜美。
收容这么多的色彩、香馨，
收容这么多的歌曲、诗韵，
"无形"，你在我心宫苏醒，
　　以"有形"的多姿。
你在我的中间
　　显得那样甜美。

一切披露无遗，
　　你我一旦交融——
宇宙之海上，
　　嬉戏的波涛汹涌。
你的光华没有阴影，
形体在我体内凝成，
那是我眼泪里的
　　美丽的忧郁。
你在我中间的倩姿

是那样甜美。

查尼普尔　格拉依

1910 年

自己非真理

把你推远，我将没落，
　　　自己非真理。
啊，我会发生什么啊！
　　　在幽灵的王国里。

　　　　我应该好好清洗，
　　　将在你之中消弭。
　　　真理，真理属于你，
　　　　我将得救。
　　　在你中间，我的死神，
　　　　何时逝去？

1910 年

我的真我自己消融

被我用我名字囚禁着的那个人，
在这名字的监牢里痛苦呻吟。
日日夜夜一切遗忘，
我建筑着摩天围墙，
在我名字的黑暗中，
我的真我自己消融。

一层灰浆接一层灰浆，
我名字的监牢建起高墙。
怕墙上哪儿有空隙，
殚精竭虑我未休息。
我越珍惜虚伪，
就越失掉了自我。

陷入困境我应该摆脱

陷入困境我应该摆脱，
　　要摆脱又感到痛心。
我想解脱后去你那儿，
　　若要去又羞愧难禁。
　　　　我知道你在我生活中是最好的，
　　　　再也没有什么财富能与你相比，
　　　　然而我家里摆满了破烂的残物，
　　　　要扔掉这些我心里又觉得可惜。

心用尘土把你遮盖，
　　心带来一串死亡。
我心充满对它们的仇恨，
　　它们却被我爱上。
　　　　还剩许多，积累这么多欺骗，
　　　　多少失败，多少隐瞒。
　　　　当我想去祝福的时候，
　　　　害怕又来到我的心坎。

　　　　　　　　　1910 年

不会寂灭

生活中尚未
　　受到祭拜的一切，
哦，我晓得，我晓得
　　不会寂灭。
未开的花朵
　　在绿原上凋落，
河流迷失在
　　沙漠的荒凉，
哦，我晓得，我晓得
　　它不会寂灭。

生活中某些东西
　　还在身后，
哦，我晓得，我晓得
　　那不是虚无。
未来的一些音符
　　我尚未弹奏，
某一天将飞出
　　你的弦索——

哦，我晓得，我晓得

它不会寂灭。

1910 年

终止中未有终止

终止中未有终止，
　我心中这个真实，
在今日唱完我的歌后
　一再显示。
乐曲弹完，然而
　它总不愿停息，
静默中弹琴，
　多此一举。

当拨动弦丝，
　乐曲弹响——
最重要的歌儿
　还在很远的地方。
弹完的音符袅袅地
　回到沉默的琴上，
如同日尽时分黄昏
　在梦中游荡。

加尔各答
1910 年

罗网是坚韧的

罗网是坚韧的，但是要撕破它的时候我又心痛。

我只要自由，为希望自由我却觉得羞愧。

我确知那无价之宝是在你那里，而且你是我最好的朋友，但我却舍不得清除我满屋的俗物。

我身上披的是尘灰与死亡之衣。我恨它，却又热爱地把它抱紧。

我的负债很多，我的失败很大，我的耻辱秘密而又深重。但当我来求福的时候，我又战栗，唯恐我的祈求得了允诺。

锁链

"囚人，告诉我，谁把你捆起来的？"

"是我的主人，"囚人说，"我以为我的财富与权力胜过世界上一切的人，我把我的国王的钱财聚敛在自己的宝库里。我昏困不过，睡在我主人的床上，一觉醒来，我发现我在自己的宝库里做了囚人。"

"囚人，告诉我，是谁铸的这条坚牢的锁链？"

"是我，"囚人说，"是我自己用心铸造的。我以为我的无敌的权力会征服世界，使我有无碍的自由。我日夜用烈火重锤打造了这条铁链。等到工作完成，铁链坚牢完善，我发现这铁链把我捆住了。"

我不让你们停下步子

不，我不让你们半途折返，
　死亡悄悄徘徊在
　　灯红酒绿的门后面。
放下虚幻的包袱，
在前进的道路上昂首阔步，
我不让你们扛着颓伤
　　步履蹒跚！

不，我不让你们朝朝暮暮
　在沉沦中妄自菲薄，
　　聚集在享乐的门口。
理想之歌，引吭高唱，
奔向曙光升起的地方，
一刻也不能在路旁
　　闲坐，滞留！

不，我不让你们停下步子，
　无所事事地在门口
　　角落里窃窃私语。
那默不作声的闪电

朝你们胸口喷射火焰——
只能忍受，只能承负，
只能承认现实！

苏鲁罗

1914 年

苦难若不愿忍受

苦难若不愿忍受，
　　何时去除苦难？
要烧尽鸩毒，
　　就必须点燃毒焰。
燃起你的烈火，
不要惊慌失色，
以后再不会燃烧，
　　一旦焚烧成灰。
不要躲开它逃走，
　　昭示它不可踌躇。
在漫长的路上跋涉，
　　势必拉长愁苦。
死吧，死吧，
让死亡彻底干涸。
随后，生命就会前来
占领属于自己的席位。

圣蒂尼克坦

1914 年

在时光之海上……航行

"无限"的大门洞开

我的旅程

　　　结束之处，

　　　　"无限"的大门洞开。

我的歌曲的

　　　停歇之地，

　　　　是乐曲的静海。

在遮翳我眼睛的

　　　一片黑暗里，

　　　　亿万星斗闪烁。

舒展的花瓣

　　　凋落尘埃，

　　　　花心结出甜果。

博大的事业在

　　　隐退之日，

　　　　获得博大的机缘。

我中之我

　　　耗尽之时，

　　　　在你面前再现。

阿拉哈巴德

1914 年

逆水行舟

我发起进攻时，
　　　方能认识你。
我成为敌人时，
　　　你赢得胜利。
这生命为自己窃取
一次你的财富，
就又欠下你的
　　　一笔债务。

我一再自豪而快活地
　　　逆水行舟，
你急流的猛烈冲击，
　　　我挺胸承受。
当我疲倦地熄灭
　　　自己屋里的灯火，
你的夜点燃的亿万
　　　星灯闪射光辉。

阿拉哈巴德
1914 年

给予与获得

鸟儿唱你赐予的歌，
　　不给更多的回报。
你给我歌喉，我唱你的歌，
　　我的回赠只多不少。

你让清风享受自由，
自然而然你这位仆人无拘无束。
　　我挑着你放在我肩上的担子，
　　走的路时而笔直，时而弯曲。
抛弃一切，拼死顶着重担，
我走到你的足前，
　　某一天空手侍奉我才自由，
　　自由中吹落你强加的束缚。

　　你给圆月娴笑，
　　于是可以倾倒出
　　　美梦的甜蜜，
大地合拢的手掌里琼浆满溢。
　　我用泪水濯尽

你铸在我滚烫额上的悲痛，

　　　酿成欢乐，

　　送往日暮后面的幽会之夜。

你把光亮和幽黑糅合，

只塑造泥土的世界。

　　你把我置于空虚之手，

　　偷偷地笑，躲在空虚背后。

　　　你要我创造天堂，

　　　把重任压在我肩上。

　　你向所有的人布施，

　　唯独向我索取。

　　　你走下你的御座，

　　　胸口捧着

我只能奉献的爱情，

　　露出快慰的笑容。

你能亲手得到多于你

　　放在我手上的东西。

　　　　　帕德玛河畔

　　　　　1915 年

无限与有限

松香想永久保持芬芳，
　　芬芳也想依附松香。
旋律想主动跟上节拍，
　　节拍不愿与旋律分离。
内容体现在形式之中，
　　形式总是要反映内容。
无限与有限紧密相连，
　　有限消失在无限里边。
毁灭与创造是何关系？
　　内容与形式往来甚密。
约束寻求自己的解脱，
　　解脱要在约束中生活。

失败的相逢

我知道，这相逢是风暴的相逢，
双方被领到一处又被推得更远。
　　　　　　　愤懑的心
越是想抓住你，受制于相反的力，
越是绝望地失去你。
　　　　　　　仁慈
不在你手中，只透过轻轻的触摸
表示吝啬的怜悯。是责任驱使
你馈赠，你得到赠礼的价值
藏于何处？
　　　　　　　我苦苦寻觅，
一无所获。你是秋云，丢弃了
倩影漂游。
　　　　　　　漫漫荒漠
仰望着高邈的苍穹，它的心灵
被凶狠的干渴折磨得痛苦呻吟。
千万别畏惧我。
　　　　　　　些许宽和，
你留在心里，说错话也莫让我

想起我是强盗，贪婪、残忍。
　　　　　　记住，
我是爱的修道士，修行专注，
从不怕劳筋伤骨，
朝暮坐在无望、
无恼、烈火烤灼的冥想之座上。
我把手松开。

　　　　　如若
某一天修成正果，一颗心归我，
如正果与我无缘，希望的激情
焚烧，化为死寂。那也是成功。

他是我中我

我独自走出来，
　　　与你来会面。
是谁伴我而行，
　　　在静静的黑暗中？
我想努力摆脱，
我一动他也挪。
心想灾难已消失，
却又看见了他。

他行走，大地震撼，
　　　剧烈地摇颤。
在我所有的话语中，
　　　有他想说的意见。
主，他是我中我，
他向来恬不知耻。
我带他去你门前，
感到很不好意思。

1910 年

在时光之海上·····航行

旧死新生

　　我以为我的精力已竭，旅程已终——前路已绝，储粮已尽，退隐在静默鸿蒙中的时间已经到来。

　　但是我发现你的意志在我身上不知有终点。旧的言语刚在舌尖上死去，新的音乐又从心上进来；旧辙方迷，新的田野又在面前奇妙地展开。

在死亡中结出果实

谁能详述
　　　不存在的终端？
以酷虐的面目出现，
　　　又化为燃烧的火焰。
　乌云集结完成，
　顷刻间大雨倾盆，
　冰雪停止凝结，
　　　冰块融为江河的波澜。

　枯竭的只有
　　　眼眸的泪泉——
跨过"黑暗"的铁门，
　　　走进阳光灿烂。
　破碎的旧俗的心中，
　萌生蓬勃的新风。
　死亡中结出果实，
　　　人生的花儿若吐艳。

苏鲁罗

1914 年

旅程

当我稳稳地呆着不动，
　　就只会贮存
那些物质的重负；
　　我的眼里就
　　　　没有酣睡；
我像蜂蝶啃吃
　　　　整个世界；
周围就有厚幕垂落；
　　源源不断地增添
新的痛苦的负担。
　　疑惑的冬季，
　　　　敏感的智慧
　　一瞬间将这人生
压得白发苍苍，老态龙钟。

当我前进，快步如飞，
　　受到世界的打击，
　　　　厚幕化为碎片，
累积的忧愁、辛酸
　　渐渐耗竭。

我在行进的沐浴中趋于圣洁，

　　畅饮运动的琼浆，

新的青春层层绽放。

　　哦，我是旅人——

永远望着前方的美景。

　　　为什么死亡

　　在后面呼唤我？

我不愿被死的秘爱

　　阻留在幽深的邸宅。

我为永恒青春戴上花环，

　　手提着她迎迓的花篮。

我要抛弃一切负担，

　　抛弃一堆堆为暮年

　　　准备的物品。

　　哦，我的心儿，

今日行路的欢歌响彻无垠的天空，

　　世界诗人，日月星辰，

　　　在你的飞车上

　　　　放声高唱。

苏鲁罗

1915 年

在时光之海上……航行

25

小花

我只用一朵朵小花编织花环，

这种小花说话间就会枯干，

既然如此，就随它去吧，不必伤感，

我要采集花朵于这无限的海边。

处于黑暗中和置身于石牢里的人们，

如果能戴上我这花环，

也许就会立即感到幸福，

就会忘却残酷束缚的悲酸。

小花呀，它把自由和深深的信赖

连同自己的芬芳带给人间——

在短暂的梦境中把阳光带入人的心田。

看到小花有人就会想起

广袤的宇宙，还有那广袤的苍天。

自负

我自己本是一根刺，是个无用之物。
我自己内心里总感到痛苦。
为什么我请求大家来支援？
那是因为我没有房舍，没有住处。
非常敏感非常渺小的自负
无法忍受一丁点儿屈辱。
最先在众人面前显示自己，
就是担心自己渺小而不为别人注目。
然而我却要在黑暗中滚上一身泥巴，
我不要，不要这种可悲的傲骨——
我要安于自己的贫贱隐匿，
我不会去企求别人的施舍救助。
如果心绪能平静下来，
睡在谦恭的泥床上也觉得舒服。

希望的陷阱

我要做我所眷恋之人的俘虏，
我属于她而她却不属于我。
所谓获取实属虚伪的自诩，
我的长带旨在把别人束裹。
窥见所向往的大门已开的宝库，
我用双手去把大量珠宝掠夺，
我想带走，可是负荷太重无法走脱，
隐藏的东西看来就是盗来之物。
长期以来我向大地借债太多，
如今我已经把路费备足，
可是我竟然忘了这是在捆绑自己，
我带着路费最后加入了囚徒之列。
小舟载着希望的重物在渐渐沉没，
心里不肯弃舍，我也无可奈何。

声响寻找回音

声响寻找回音，生命竭力寻找复生。
宇宙靠自身寻找对自己的回报之情。
爱情在无限中涌现，无限之债需要还清，
奉献多少就能获取多少，决不会失衡。
大地每天奉献多少花朵，就会获得多少回赠。
多少生命萌生，就会有多少生命茁壮成长。
富人献出所有的一切，也不会变穷。
同一种爱的获取和奉献就在无限宇宙之中。
大地用嫩绿的青春礼物不论祭拜何人，
它都会立即获得妙龄的青春。
爱情恋着爱情，这爱情之海何处去寻？
生命献出还会复生，何处有无限的人生？
渺小的自我献出后何处去获取无限自身，
难道要到那无生命无爱情的黑暗中去找寻？

亲缘

今天南瓜踌躇满志，
翠竹架仿佛是运载自己的飞机。
头昏目眩，也不俯瞰大地，
却和日月星辰称兄道弟。
它想象自己在飞行，
翱翔云端，极目远视。
可恶的是茎蔓以亲缘
将它与土地紧紧相系，
茎蔓一断，瞬息间
便升入天国的乐园里。
茎蔓断了，南瓜才明白：
它不属于太阳，而属于土地。

水井

铜罐开口大声嚷嚷：
"水井叔叔，你怎么不是海洋？
你要是海洋，我就高兴地潜入你体内，
把肚皮喝得又圆又光。"
水井说："不错，我只是一口小井，
因此我才感到寂寞凄凉，
不过，小子，你不必担心，
你下去几次都一样，
你想喝多少就喝多少，
我一定满足你的愿望。"

新的生活方式

有一天水牛向天帝怒吼：
"像马一样，我也需要马夫伺候，
我已经改换牛的习性，
一天两回为我刷洗！"
说着水牛在牛圈里横冲直撞，
拼命地蹦跶不休。
天帝说："我满足你的愿望。"
十个马夫去满足水牛的要求。
没过两天，水牛就大声哭叫：
"天帝啊，我受不了，受不了！
再也不用马夫为我效劳，
那种刷洗真叫人吃不消。"

胜负

高傲的马蜂和蜜蜂

激烈地争论谁的本领高。

马蜂说："千百条证据

都证明我蜇人的本领高。"

蜜蜂顿时无语，急得落泪。

森林女神悄悄地劝道：

"孩子，不必烦恼，

蜇人你不行，论酿蜜还是你的

本领高。"

缝叶鸟和孔雀

缝叶鸟说："一见到你，孔雀，
同情的泪水就溢满我的眼窝。"
孔雀问道："哦，缝叶鸟先生，
你这样伤感是为什么？"
缝叶鸟说："你身子太小，
彩翎太长，极不协调，
彩翎已成为你行动的障碍。
你看我，轻盈飞翔多快乐。"
孔雀说："你不必为我伤怀，
荣耀的背后就是重荷。"

蛀虫的逻辑

《摩诃婆罗多》^①里有一条蛀虫，
把封面和封底啃出了黑洞。
学者翻开书本逮住了蛀虫，
怒斥道："你为什么恣意横行！
到处都有泥土和食粮，
你可以磨砺牙齿，填饱肚肠。"
蛀虫说："这里除了黑斑什么都没有，
你何必这样火冒三丈？
请让我痛痛快快地啃吧，
凡是我不懂的皆属糟糠。"

①印度史诗。

各司其职

伞发牢骚说："哼，头颅先生！
我无法忍受如此的不公平——
你悠闲自得地漫游市场，
而我为你抵挡暴雨，遮蔽阳光。
老兄，你若是我该作何感想？"
头颅回答说："你要理解我的作用，
保护我是你的一种荣光，
我的智慧可以使大地五谷飘香。"

嫉妒的疑惑

摇摇尾巴，哈巴狗不能容忍
尾巴也在镜子里摇动。
看见奴仆为主人摇扇，
哈巴狗气得浑身发抖。
树枝摇曳，水波荡起涟漪，
哈巴狗也会狂吠不止。
它以为跳入主人的怀抱，
就会震撼天堂、人间和地狱。
吱吱喝着主人的残羹，
它摇着尾巴自鸣得意。

智者

我是双翼绚丽的蝴蝶，

可是诗人墨客都不理睬我。

我迷惑不解地问蜜蜂：

"你在诗中不朽凭什么才能？"

蜜蜂回答说："你的确美丽，

但娇美的容颜不宜宣扬过多。

我以酿蜜的才能

征服了花和诗人的心。"

内讧

发髻与乱发争吵正酣，
引来一群人四周围观。
发髻说："乱发，你丑陋不堪！"
乱发说："摆臭架子，有损你的尊严！"
发髻说："头发掉光，我才高兴。"
"剃光吧！"乱发怒气冲冲。
诗人劝解道："想想吧！
你俩本是一家人，同为一个姓。
发髻呀，如果一头秀发都掉光，
你如何把胜利的号角吹响！"

赠予后的贫穷

在雨季结束的时节，
赐水的薄云飘向晴空的一个角落。
盈满清水的池塘见此情景，
便对薄云冷嘲热讽地说：
"喂，清瘦寒酸的穷鬼，
你如今无家可归，四处漂泊。
你看我碧波荡漾，
满身华贵，多么快活！"
薄云说："先生，你不要骄傲！
你的丰盈其实是我的功劳。"

布谷鸟与乌鸦

春天来了，林中百花怒放，
布谷鸟日夜不停地歌唱。
乌鸦说：“看来，你也只会
献媚春天，再无别的专长。”
布谷鸟停止歌唱，回首问道：
“先生，你是何人，来自何方？”
乌鸦道：“我是乌鸦，快嘴直肠。”
布谷鸟说：“我向你致敬，
希望你永远这样直爽。
至于我，吟唱的声音必须悠扬。”

谦虚

青竹篱笆问道：“竹林爷爷，
你为什么总是躬身垂首？
我们虽然都是你的后代，
可是我们个个都高昂着头。”
竹林说：“老少有别呀，
但躬身决不意味着卑怯。”

乞讨与劳作

只有耕种，你才让我有收获，
土地啊，为何你如此吝啬？
啊，母亲，请你开心地施舍吧！
为什么一定要我汗流浃背地劳作？
我不劳作而获得你的粮食有什么错？
土地微笑着对我说："那样做，
虽然可以弘扬我的名声，
但会使你丧失人格。"

平原与雪山

广阔的平原愤愤地说："市场上
摆放着我的粮食和水果。
高耸的雪山什么也不做，
可是它却高居巍峨的宝座。
上天怎么能这样不公？
我实在无法理解。"
雪山回答道："如果我也那样平坦，
哪里还有赐福的瀑布之源？"

强者的宽容

那罗陀仙人说：“噢，田园女神，
世人食用你的粮食，却对你不尊，
忘恩负义者讥笑你肮脏，
居然说你是泥土灰尘。
你应该断绝世人的水和粮食，
让他们知道，你田园女神是何人！”
女神微笑道：“罪过呀，罪过，
我不能报复，他们比不得我。
任凭他们怎么讲，我都不会受到伤害。
我若发怒，他们个个命归黄土。”

不同的作用

芒果树对灌木说：“老兄，
你为什么甘愿化为炉灰？
唉，朋友，你真命苦！”
灌木坦诚地说：“我并不悲伤。
芒果树，你活着是为了结出果实，
而我的功绩是在燃烧中释放光和热。”

树根

树梢对树根说："我高大，你矮小。"
树根笑道："但愿永远如此，这样很好。
你可以在高处自由自在地生活，
我为能把你稳稳地举起而感到自豪。"

厌恶家园者

蚯蚓说："地下的泥土肌肤太黑。"
诗人斥责道："闭上你的嘴！
你一生都受土壤的滋养，
厌恶土壤，难道会提高你的地位？"

愿望

"芒果，你的愿望是什么，告诉我。"
"具有甘蔗的甜蜜。"芒果说。
"甘蔗，你的心愿是什么？"
甘蔗回答道："具有芒果的芳香汁液。"

忙碌的过错

头上的一绺头发颤悠悠地说：
"手脚犯的错误可真多。"
手脚微笑道："噢，不犯错误的头发呀，
错误多是因为我们整天忙碌地干活。"

不合适的嘲笑

望见一颗星星陨落，油灯笑得前仰后合。
"荣耀之光居然落得如此下场！"它说。
黑夜回敬道："你笑吧，开心地笑吧！
趁残油几滴还未烧光。"

怀疑的缘由

人造金刚石在自夸：
"我很伟大。"
听罢我顿生怀疑，
"看来，你是假的啦！"

身份

"仁慈"亲切地问眼泪：
"你是谁？为何沉默不语？"
溢出眼窝的"泪水"说：
"我是由衷的感激。"

是与非

渔网坚定地表示：
"我决不再去捞稀泥！"
渔夫深深地叹口气道：
"从此我再也捞不到鱼！"

同一条路

紧紧地关闭房门，
把错误挡在外面。
真理深深地叹息道：
"我如何进入圣殿？"

对骂

棒子骂木条：
　　"你又瘦又小！"
木条骂棒子：
　　"你胖得出奇！"

差别

"恩宠"伤心地叫道：

　　"我总给予，无人回报。"

"同情"平和地说：

　　"我只付出，从不索要。"

自己的和付出的

明月说："我身上虽然有些污斑，

我还是把华光洒向人间。"

贫困者的报答

荒漠说："你降下充沛的甘霖，
我怎样来报答你的大恩？"
雨云说："我不需要报答，荒漠，
只要你长出新绿，就是我的快乐。"

承担职责

"谁来承担我的职责？"夕阳高声地问。
世界宛如静画一样沉寂无声。
一盏泥灯奋勇回答："大神，
我愿尽力担起你的重任。"

自由

箭在默默地想："飞吧，我多自由，
只有雕弓喜欢在一处死守。"
雕弓笑着说："箭啊，你忘了，
你的自由由我管束？"

见不到的缘故

黑夜静悄悄降临花圃，
催开花苞，默默地踏上归途。
鲜花醒来道："我属于晨光。"
"你说错了。"晨光当即纠正。

梦幻与真理

梦幻说：“我不想追随法则，
我自由自在多快活。”
真理说：“所以你才四处漂泊。”
梦幻听了气急败坏地说：
“你永远是锁链捆绑的囚犯。”
真理道：“因此人们才赋予我真理的桂冠。”

情爱与离愁

情爱叹息道："唉，离愁，
你的本性无从窥视。"
离愁道："噢，情爱呀，
虽然你高雅，
我还劝你割断情丝，
走自由之路吧！"
情爱说："如果照你说的去做，
我不就变成你啦。"

无法改变

死亡说：“我需要后代！”
小偷说：“我渴望钱财。”
命运说：“你们珍爱的
一切我都爱收藏。”
中伤者阴毒地说：
“我伸手夺取你们的名誉。”
诗人望着大伙说：
“谁来分享我的欢愉？”

福与祸

斯拉万月里的铜钱大的雨点，

啪啪打着素馨花，它在叫喊：

"哎呀，不知我死在

谁人的毁灭之河？"

阵雨哗哗地下着说：

"圣洁的我飘落人世，

一些人欣喜若狂，

一些人受到惨痛的打击。"

花招

娇媚的丽人对我讲：
"我们的爱恋地久天长。"
互悦的做爱刚一结束，
清晨她就催促道："快起床。"

只计算瞬息

蝴蝶活着

不计算年月，只计算瞬息，

时间对它来说，

是无比充裕。

在时光之海上航行

装着重要工作的船舶
　　在时光之海上航行，
货物的重量说不定
　　有一天压得它灭顶。
伏案构思谱写的
　　歌曲，轻快、奔放，
留给后人，也许能
　　在时光之海上远航。

春天乘暖风扬洒花粉

春天乘暖风扬洒
　　花粉，随心所欲，
未曾想在片刻的嬉戏中
　　结了未来岁月的果实。

火花奋翼

　　火花奋翼，
赢得瞬间的韵律。
　　在飞翔中熄灭，
　　它感到喜悦。

厌恶与喜悦

走一步便颠倒过来。
时而白变成黑，
时而黑变成白。
用心想想就会理解，
这就是纯真的哲学。

无从贴近

大树凝视着
静美的绿影——
是它的眷族，
却无从贴近。

我的深爱

我的深爱
　　如阳光普照，
以灿烂的自由
　　将你拥抱。

催绽满枝新叶

　春意挣脱
冻土昏睡的缧绁，
　似闪电疾驰，
催绽满枝新叶。

我胆小的奉献

我胆小的奉献
　不抱永存于谁心中的奢望，
也许你会爱惜地
　把它收藏在心房。

天宇

天宇以双臂将旷野
　　拥揽在胸膛，
仍然居住在
　　邈远的地方。

遥远

"遥远"走到近处，
　　　已是黄昏，
它走得愈远，
　　　离得愈近。

我微思的彩蝶

我微思的彩蝶
　　　离别灵府，
傍晚是登程的最后机会，
　　　飞进薄暮！

昂首入云的高山

昂首入云的高山，
不看荷塘清雅的玉容。
坚定、冷酷者的脚下，
佳人枉诉一塘衷情。

天帝与俗人

天帝欲以爱情
　　建造他的寺庙。
俗人把砖石的胜利
　　一直砌上碧霄。

狂风

狂风说道：
"火苗，
我要搂你在怀里。"
狂风猛扑上去，
一下子扑灭了
粗野的情欲。

沧海

沧海演奏
含泪的恋歌，
使隔海相望的两岸
满怀离愁。

霞光

姹紫嫣红的霞光
一朝消逝，
兰花似的旭日
便光荣地升起。

夜

夜似别绪萦怀的思妇，
　　以袖遮掩着脸腮，
焦灼不安地
　　等候曙光归来。

我的花儿

啊，我的花儿，
　　不要在愚昧的享乐的花环里受束缚，
你要知道，
　　崭新的黎明正为你祝福。

泥灯

忍受白昼轻慢的泥灯，
晓得夜间将得到火苗的热吻。

悲苦

白日阳光下掩盖的悲苦
　默默无声——
入夜在幽暗中燃烧，
　如闪烁的繁星。

晨曦

晨曦
　　萌发爱时，
将花环戴在残夜的颈上。
　　这便是创造的预示。

爱情是心灵的食粮

春天沉迷于花香，
　　爱情是醇美的酒浆，
花期结束以后，
　　爱情是心灵的食粮。

我许诺

　　我许诺
给你一朵红花，
可你要整座花坛，
　　好的，你搬走吧。

春天

春天，你来到这里，
　　似乎是因为迷失了方向，
既然来了，让一朵小花
　　在枯枝上开放。

玫瑰

盛开的一朵玫瑰
仰望着晓日的眼睛：
"我永远将你铭记在心。"
说着便渐渐枯萎。

天幕上

天幕上
我没有镌刻飞行的历史，
　然而
我的欢乐曾遨游天际。

夜空的繁星

夜空的繁星
　　闪射造物主的笑容，
仿佛是从人间衔来的
　　生命短暂的萤火虫。

群山

地上的群山
　　默默地遥望碧空，
无力攀登的愁烦
　　充塞心胸。

美

唉，你馈赠的香花
扎上了一根刺，
然而，美，我仍微笑着
　向你顶礼。

小人物

小人物不等于力量小，
　常常击败庞然大物。
三四个人的作为，
　往往比一群人的更显著。

离情之灯

　　让离情之灯
放射回忆欢聚的不灭的柔光。

乌云

　　乌云瞥见地面昏暗，
　　　不禁潸然落泪，
　　　忘记遮掩
骄阳的正是它自己。

茉莉花

纤小的茉莉花
　　既不愁苦也不羞惭，
它心里装着
　　鲜为人知的圆满，
它容春天的音讯
　　在花瓣下静卧，
它娴笑着肩挑
　　盛放清香的重担。

爱与强暴

爱维系人以缱绻，
强暴压制人以锁链。

我的庙宇

大路尽头
没有我朝拜的殿堂，
我的庙宇
矗立在村径的两旁。

我心曲的飞鸟

我心曲的飞鸟
　今日激奋地
　　在你的歌喉里觅巢。

爱情

哦，爱情，
　你若捐弃怨恨，一味宽宥，
　　那是严厉的惩罚。
哦，妩媚，
　你若受重击而沉默，
　　那是不堪的卑下。

天神与恶魔

天神造物，
　世界起死回生，
恶魔造的怪物
　被自身的重量压崩。

现代的树上

现代的树上，古朴的花儿
释放太初的种子的信息。

旧爱

在旧爱的空楼里，
　找不到居室的新爱
在迷惘的空间
　久久徘徊。

苦恋之火

　苦恋之火
在情感的彼岸
　划的轨迹
　分外璀璨。

祭火

大地远古的祭火
  演变为林莽，
火星落处，
  鲜花怒放。

酬报

我一天的辛劳
获得一天的酬报。
我的爱情期冀
恒久而至高的价值。

书虫

啃啮典籍的书虫
    觉得人太愚蠢。
它百思不得其解：
    人为什么不嚼书本？

粉蝶与蜜蜂

粉蝶有纠缠
    亭亭玉立的芙蓉的闲工夫，
蜜蜂嗡嗡地采蜜，
    四季忙碌。

真理

忠诚于自己界限的真理，
在界限内旦夕与美相会。

虔诚

虔诚
像一只晨鸟，
在残夜啼唤黎明。

白日

傍晚，
白日的空杯被
丢在星宿的后堂。
子夜
以黑墨将它洗净，
重斟曙光的新酿。

门户

门户纵不敞开，
归去的终将归去，
障碍与疮痍
同时被荡涤。

海岸与大海

哗哗涨潮时，
海岸轻声同大海耳语：
"请你抒写
你的滚滚波涛欲表的心志。"
大海用泛沫的豪放的语言
写了一次又一次，
总感到不满意，
烦躁地擦去。

在时光之海上··航行

轴心

不管轮圈怎样
　　跳着舞转动，
不引人注目的轴心
　　默不作声。

白天灯里只有油

白天灯里只有油，
　　夜里灯才放光。
不要指手画脚地
　　说短论长。

与光共舞

沃土下禁锢的欢乐
化为菩提树杈上的绿叶簇簇，
在风中自由地摇晃、休憩，
于是凄寂的暗影有了形体，
与光共舞。

天神与凡人

天神想戴
　凡人编的花环，
所以往原野的怀里
　掷了一只花篮。

落日

落日，将金冠
　　　置于启航的暮云之舟，
卸去首饰，
走进大神的天祠，
　　　无声地稽首。

露珠之链

秋草之针串成的露珠之链
转瞬即逝，它的地位
在人世的意趣中永固，
君王的冕旒却时刻在销蚀。

暖风

暖风，你从南国
　　送来花神的苏醒，
你一踏上归程，
　　林径上便斑斑残红。

富翁的楼寨

富翁的楼寨像凶恶饕餮的天狗，
财富压麻双手。
穷人的茅舍里没有臂膀的拥抱，
此景奇怪地浮上心头。

收获

来自远方的收获
比近处的更贴近心窝。

浮云

命蹇的浮云
　　身披着朝霞的金光，
在黄昏前消散，
　　悲酸地流浪。

该有的均会到手

总以为天上的星星可以数得完，

数着数着，夜色阑珊——

　　　千挑万选，一无所获。

如今明白无法索求，

该有的均会到手。

　　　瞭望沧海吧，大海永不会被舀干。

冬季

冬季，你盼望着花事，
　　盼望着丰熟，
法尔衮月夜里提前开的花
不结果就凋零。

我的树阴

我的树阴
是为道上过往的行人休息片刻而存。
我瞩望大路，
树上的水果为我常年的等候而成熟。

阳光的骄傲

阳光的骄傲
　　洒遍九天，
在草叶上的
一滴朝露里
　　发现了自己的极限。

黑暗

黑暗的眼里，
　　"一"等于万物。
光观察"一"
　　从不同的角度。

脚踹灰堆

脚踹灰堆，
　嘴和眼睛倒霉，
一盆水
　足以制服讨厌鬼。

乐善好施者

乐善好施者
　只站在门口，
可心里的博爱
　却走进千家万户。

人该做事

人该做事，这话不错，
但干事的常受指责。

休憩

休憩活跃于工作，
碧波里轻漾着海的静默。

死的印记

死的印记
　　给生命以价值，
所以用生命换取的
　　异常宝贵。

荒凉的沙漠里

荒凉的沙漠里
　　只生长骆驼刺，
情操匮乏的地方
　　蔓延着嘲嗤。

用爱情作交易

谁用爱情作交易，
爱情就在远处看谁演假戏。

痛楚

当爱情把痛楚当作明珠，
　痛楚便是幸福。

些许

我知道我的身份卑微——
　　我无意索取高于地位的东西。
　　　　你给我最少的赠品，
　　　　　　但因你亲手给予，
　　　　　　　　我享之不尽。

我不是那种异乡的乞丐，
　　一路寻找善良的施主，
　　　　获得的总是多于企望的。
　　　　　　他无所不要，到处伸手，
　　　　　　　　接受施舍时却总是觉得
　　　　　　　　　　没有满足自己的要求。

你听着面露笑容，
　　怀着一颗爱心诘问：
　　　　"仅有这些你就心满意足？"
　　　　　　我说："再多有何用处？
　　　　　　　　馈赠若成为负担，
　　　　　　　　　　赠物只会把心灵
　　　　　　　　　　　　之路截堵。"

你双手的摩挲若是赠物，

　　当作弦琴我搂在胸口。

　　　弦丝弹出的乐音，

　　　　其价值远远

　　　　　超过其本身。

与贪婪者无异的人

　　在你门口来回走动，

　　　他索要，他获取，

　　　　消除饥渴，时时

　　　　　辱没你，贬低你。

　　　爱情的野蛮

　　　　黯淡你

　　　　　遍布四海的荣誉。

因此我劝你，亲爱的，

　　辞别时只需留下薄礼，

　　　就像黄昏缓缓地

　　　　将晚星置于羞赧的秘密的金觞里，

　　　　那金觞就在太阳垂落的

　　　　　最后一级石阶上。

　　　　　　　　　圣蒂尼克坦

　　　　　　　　1940 年 7 月 17 日

不同的两条河

早晨起床，
看到房间里乱七八糟，
写作簿放在哪儿？
翻了半天没有找到。
乱放的珍贵物品，
不曾加上分号、逗号。
没装信纸的信封破损凌乱，
男子天性懒惰的印记随处可见。
等一会儿女性的双手开始忙碌，
纠正全部错误只消片刻工夫。
与不知羞愧的凌乱斗争，灵巧的纤手
恢复的整洁，空前绝后。
破烂的伤口愈合，污渍的羞涩被遮盖，
赘物的密室不复存在。
凌乱中我哑巴似地寻思——
在创造的天地里，男女是不同的两条河，
男人在四周堆积垃圾，
女人每天前来表示谅解。

朱拉萨迦
1940 年 11 月 14 日

神志的光芒

神志的光芒
在我心空闪烁，
它不是被猛地推入
生命狭小的樊笼里的囚徒。
它的肇始为虚茫，
它的终端——死亡是无谓的，
中间是时日，
宇宙万物熠熠闪光。
这布满神志的空际
流荡着琼浆似的快乐——
随着黎明的苏醒，
我心头萦绕的这句名言
在永无止境的创造的节日
以不断的韵律的丝线
维系日月星辰。

                    乌达扬
            1940 年 11 月 29 日

岁月流逝

四面八方
进行着形形色色的创造的游戏——
充填时光无限的空虚。
一次次朝前泼撒的一切，
随后都归于沉寂。
无尽的利益和亏损
给予它持续下去的动力。
诗人的韵律
在已经消逝的时光身上作画。
岁月流逝，
空虚依旧。
由绘画构成的
飘忽的诗歌的海市蜃楼
也放弃地盘，
为变化的生活旅程
作游移的注释。
在自己勾勒的年月的界限内，
人以无限的虚假的荣耀
制造慰藉，

忘却几多时代的豪言壮语

在地下顶着

无声的冷酷的讥嘲。

乌达扬

1940 年 11 月 30 日

空而不空

伸臂围抱
盼望得到的，
一朝失落，
在羁绊之外的自由天地里，
勃生的憬悟
看去
与晨光毫无区别——
空而不空，虚而不虚。
于是彻悟先圣的妙语——
苍天若不布满惬意，
"僵固"的绳索就会捆住身心，
使之动弹不得。

乌达扬

1940 年 12 月 3 日

在时光之海上……航行

清新

从黑夜的彼岸，
　　朝阳携来庄严的梵音。
在霞光的拥抱中，
　　苏醒了奇妙的清新。

精神食粮

扶犁耕种，
　　生产的稻米充填饥肠。
捉笔耕耘，
　　纸上收获精神食粮。

暮云

暮云将金粉
　赠给夕阳，
苍白的微笑
　留给初升的月亮。

奇葩

奇葩不谙
　芳馨的价值，
轻易获得的，
　随便地舍弃。

自己关闭的门内

自己关闭的门内
　　充斥蒙眼的黑暗。
睁眼向门外观察，
　　烨烨的霞光绚烂。

灯烛

自己点燃的灯烛，
　　照亮
自己选择的道路。

贡献

一旦贡献
成为圆满的真实，
　"美"的形象
便清楚地显示。

我垂垂老矣

我垂垂老矣，
　　当代的签名本
应当收录
　　新时代的风云。
而信心未灭——
　　也许在某种特长里
仍蕴含春天
　　不老的生机，
如苍老的金色花树
　　又披上葱翠的新绿，
纤嫩的花朵
　　又袅放馥郁的诗句。

日光

日光每天
　牵来暮色。
死亡的海里交汇
　流水黑白分明的恒河、朱木拿河。

万世长存

太阳不在
　碧空遗留足印——
不停地行走，
　因此万世长存。

灯火缓缓熄灭

启明星唱道：

　"来呀，走到我身边。"

灯火缓缓熄灭，

　响应空中的召唤。

鸟儿与思绪

欢翔的鸟儿
　在寥廓的青空
不用字母写下
　一串串心声。
我的思绪
　飞行，啼啭，
双翼的欢娱
　流出笔端。

镂刻塑像

采来坚硬的岩石，
　　艺术家镂刻塑像。
坎坷人生的界限
　　引发无限的想象。

真知

高谈阔论者
　　成千上万，
在言论的市场上
　　叫卖观点。
在这喧杂的集市，
你心中若有真知，
　　在沉默中保存最保险。

红莲与小草

红莲开在深水处，
　　谁冒死采摘?
小草无言的服务
　　在众人的脚底。

嘈杂的白昼

嘈杂的白昼
走进夜阑。
潺潺的清泉
流向海边。
春天盛开的花儿
欲成为果实。
"偏激"朝着完美的"缄默"
坚定地走去。

相距不远

相距不远，
难得一见。
远走天涯，
梦绕魂牵。

四周的黑夜

四周的黑夜身上
　　刻着"禁看"，
远空的一轮明月
　　清晰可见。

乌云

乌云遮住夜空的星星，
　　以为大获全胜。
乌云吹散，杳无形迹。
　　星星仍是星星。

愿君认真思考

"谁给？给什么？
　　我储存什么？"
反复地盘算，
　　任大好光阴蹉跎。
总有一天归去——
　　谢世之前，
愿君认真思考：
　　"把什么留在人间？"

花

花期结束，
　花的绚丽
化为甘汁，
　躲在果实的心里。

心儿

哪里是星空，
哪里是原野，
　　心儿
已经忘却，
所以在星空
寻觅鲜花，
在鲜花丛中
寻觅星星。

泪泉

是哪颗陨星
　坠入我的心房？
使我心曲的泪泉
　汩汩流淌。

自己

在水声急促的亢奋中，
　岩泉兀地
　　认识了自己。
在灵感的喷发中，
　我的心惊诧地
　　发现了自己。

自我

在卑微的自我中，

　　住着高尚的自我，

　　　　打开吧，打开紧闭的门！

在我的身躯里，

　　岁岁年年，

　　　　是变化的自身。

船楼

在暴怒的海上，镇静的船楼
昼夜载负着海滨的温情。
浩淼的沧海的万顷波涛
浮托着陆地胸中的幻梦。
狂风恶浪——魔王的悍子
张臂扑向他认为的玩具。
你果敢地挫败他的企图，
陆地的儿子又回到陆地。

在时光之海上···航行

127

洗濯

消逝的日子，落拓的魂魄
　　沾染着灰尘、污垢，
朝霞每日以
　　崭新的希望之光将其洗濯。

果树

果树结出果实，
  不是为还债，
施舍对它来说
  为生活的同义。
一群群行人
  采食果实，
它的荣誉大大
  超过他们的获取。

漫漫云雾

绿树隐匿，
山峰忽隐忽现，
　漫漫云雾
透出迷人的奇幻。
但闻蒙面的幽泉
　叮咚，叮咚
万象犹如造物主
　凝固的意愿。

大树与芳草

施舍水果的大树
　　被牢记在人们的心里，
染绿心灵的芳草
　　却常被人们忘记。

春雨

　　春雨
写在绿叶上的故事，
　　冬季飘落，
与泥土融为一体。

真理不知何时憋死

"顽固"用手掌

守护真理，

用劲攥住，

真理不知何时憋死。

疑惑顿消

遥望峻峭的高山，
怪石嶙峋，似不可攀。
走完崎岖的山道——
登顶，疑惑顿消。
接受天国湛蓝的邀请，
友人们迎风拥抱。
熟稔的梵音在陌生之地
化为亲人的一所宅邸。

这曲调宜反复练习

前进的路上耸立着关隘，
惑人的蜃景忽隐忽现。
　步步回首，忧心忡忡，
路的琴弦不停地延伸。
踩出的音乐随风飘散。
　虽然选择的是凄切的韵律，
　但弹出的是超越愁楚的欣喜，
这曲调宜反复练习。

创造

身心创造的是
　　必将泯灭的实体，
用光影创造的，
　　将留下永久的魅力。

界定

真想恰如其分地
　　　界定不足——
借善意之光审察，
　　　切莫擅改尺度。

诡计

浮云炮制
　俘获皓月的诡计，
　　皓月吹响万能的法螺。
咒语射穿黑影，
　净化的浮云飘远，
　　像月辉的泡沫。

神思

你想方设法
　遮盖你的玉容——
但不受制约的神思
　展翅飞出了你的眼睛。

开启彻悟

让你生命之灯的
　光华的祝福
在黑夜的昏迷中
　开启彻悟！

明灯

人生的道路上，
　年轻的旅人，抛掉慵懒，
　　勇猛前进！
愿你的心中
　永不熄灭照耀你
　　征程的明灯！

开辟光明的路径

点燃新生活的是
　　纯洁的华灯！
在凡世的眼前，
　　天堂的鸿书高擎！
在黑暗的深处，
　　开辟光明的路径！
在市井的喧嚣中
　　传播悦耳的歌声！

心空

你的心空
　辽阔无际，
在情操的彩云下，
　升腾着赞誉。

你是春天的飞鸟

你是春天的飞鸟，
　赠给林阴清脆的诗行。
蓝天欲借你的歌喉，
　把一首情歌高唱。

是开始也是结束

你着手建造新楼，
　　我的楼基已坍陷。
你正在寻找战机，
　　我的胜负已经被评判。
你忙于调理琴弦，
　　我已弹完最后一个音符——
线延伸为一个圆，
　　是开始也是结束。

你的完美

你的完美
　　是一笔债，
我终生偿还，
　　以专一的爱。

黄昏之舟

白天的时辰逝去，
　　肩扛繁忙的重荷。
黄昏之舟载来光影，
　　载来彩色的诱惑。

苦难

躲避苦难的念头
　　　　从未产生，
只愿忍受苦难的力量
　　　　常驻心中。

忧思与欢悦

忧思好似雨夜——
　　细雨霏霏，
　　无休无止。
欢悦有如闪烁的电光——
　　粲然一笑的使者。

启明星

入迷地看人世的游戏，
　　幼小的启明星
迷失了方向，
　　在魆黑的夜的海滨。
朝霞连声呼唤，
　　接它回天国。
光的宝贝，看来
　　只能在光中生活。

安恬

在萎靡的空虚的消闲中
　　没有安恬，
安恬在实实在在的
　　工作中间。

新生

新生事物诞生之时，
　在旧事物的心中
　　领会新生的意义。

在时光之海上　航行

磨难将唤醒你豪迈的心

在新时代的黎明前，
　　哪位睿智的老者
　　　　在进行细致的分析、判断？
启程吧，把一切顾虑
　　全部抛入身后
　　　　彷徨的无底深渊！
如恒河翻山越岭，
　　满怀斗志，
在险象丛生的征途
　　扑向未知。
磨难将唤醒
　　　　你豪迈的心——
你会获胜，驾驭
　　玄奥的命运吧。

新颖

"新颖"渐次
　　退入往昔。
"永新"延绵
　　千代万世。
"新颖"的烈酒
　　渴望刺激，
饮"永新"的芳醴，
　　万年口香。

界线

囷于熟悉的界线
　圈定的狭小的天地，
必定看不见毗邻的
　不熟悉的广阔的天地——
那里袅袅笛音
　融合无名花的幽香，
在已知与未知之间，
　心灵踏着绿阴的节奏徜徉。

对朝日膜拜

晨鸟歌唱，
不知道这是摆在
　朝日前的供奉。
林花盛开，
不知道这是
　对朝日的膜拜。

在时光之海上······航行

149

新旧羼杂的岁月之书

我握着旧岁的倦笔，
在新时代的书籍上签名。
朝气蓬勃的年轻作家在上面
写了一长串姓名和振聋发聩的高见。
新旧羼杂的岁月之书，
让人读得眼花缭乱。

恒久的川资

已经获得的、
　　有价的珍宝，
　　　　今后悉数消逝。
无人知晓的、
　　无从标价的，
　　　　是恒久的川资。

爱情的原始光华

爱情的原始光华
　　凭纯洁的力量遍布青天，
降落人间，霎时间
　　色彩缤纷，形式纷繁。

爱情的欢娱

爱情的欢娱
　　　只有几瞬，
爱情的痛苦
　　　却伴随终生。

香气

香气泄露了
　花儿的藏身之地，
情歌袒露了
　春梦掩盖的芳心。

莫要寻问

飓风乱折鲜花，
　　获得与未得一样，
毫不怜惜地抛弃，
　　一朵朵坠落在地上。

拾来落花一篮，
　　编条美丽的花串，
受欺的尤物成为首饰，
　　绕在发髻上面。

莫要寻问
　　我写的情歌是给谁的，
泥泞路上行进的旅人，
　　会使它名闻遐迩。

花落

用花的字母书写的
　　爱情的名字，
　　　　花落，消逝。
岩石上凿刻的
　　坚固的妄想，
　　　　石崩，消亡。

崇高的事业

崇高的事业
　　挑起自己的担子，
在高尚的思索中
　　跳荡着欣慰。
庸俗的举止和奢侈，
　　狭隘的苦恼……
成为负担，
　　直压得魂儿出窍。

讽刺太阳

讽刺太阳
　　非常容易，
它已在自己的光中
　　裸露了自己。

风暴

风暴凶猛地冲进
　　春天的花园，
花蕾不乱方寸，
　　嫩叶笑容满面。
孱弱的败叶
　　毫不慌惧，
它知道呈送它期待的自由
　　是风暴此行的目的。

具象中有意象

具象中有意象，
　力量中有韵律，
　　内涵任人意会。

精神

身外可以聚敛
　令人欣慰的财富，
而志趣只能在
　精神中炼就。

在时光之海上·····航行

安逸

风吹灭灯，
　　　星斗闪现，
黑暗中的道路
　　　仍可认辨。
欢乐结束，
　　　缩小享受的范围，
清苦中自有
　　　高洁的安逸。

一堆身外之物

在一堆身外之物中，
　　人道才是财产。
在心灵的完美过程中，
　　涌溢着德善。

盲目崇拜

抗辩之时，
天帝大加赞扬。
盲目崇拜，
天帝一脸冰霜。

真理的阳光

真理的阳光
　　照亮理性的天穹。
爱情的甘露
　　滋润焦枯的心灵——
生活之树
　　结出善行的硕果，
完美的枝条
　　缀满芳香的花朵。

挖掘陷阱

挖掘陷阱，
　　狩猎至美，
至美悄悄
　　绕行遁逸。
双手合十
　　奉献自己——
至美欣然
　　登门找你。

在时光之海上·航行

163

心灵的璧玉

肉体早晚是一撮黄土，
　　心灵的璧玉
　　　　长存于
　　"美"的琼阁。

艰险是欢乐的旅伴

不要计较荣辱，
毫不迟疑地踏上荆棘之路，
高举倒在地上的撕破的旗子！
接受湿婆最后的恩典，
艰险是欢乐的旅伴，
献出一切，包括你自己！

在时光之海上······航行

165

生命的价值

生命的价值
　　若以死衡量，
那生命在仙境
　　定战胜死亡。

一朝辞别人世

我认为我贮物
　　　毫无意义，
一朝辞别人世，
　　　那些全是影子。
我为民众写的诗歌
　　　才代代相传，
不随我的死灭，
　　　活在民众的心间。

萌发新绿

召唤逝去的归来
　　是白费精力，
让泪水浸泡的回忆的
　　枯枝萌发新绿！

私物的包袱

私物的包袱，
　　自己扛在肩头。
捐献的一切
　　由世界载负。

巨细不分

巨细不分，
统统抓在手里
等于不抓，
体现整体的是
个中精华。

我虽去犹在

时辰一到，
我立即动身，
心儿留在幼树里。
未来春天快乐的希冀，
在它的新叶、花朵的舞蹈里。
我虽去犹在。

一位旅人登上成功的顶峰

一位旅人登上成功的顶峰，
从此朝夕自吹自擂，
俨然一副国家首领的神态。
他忘了他的骆驼驮着他的行李
曾在沙漠灼烫的古道上跋涉，
无语地忍受伤痛的折磨。

在时光之海上·····航行

乐趣的诗琴

幸福憎恶
　　纸醉金迷。
乐趣的诗琴系着
　　苦斗的弦丝。

莲花

我国的莲花
在异域改了名字，
照样绽放，
照样露出水灵灵的微笑。

清凉的雨云

清凉的雨云
  覆盖青天灼热的额头，
它的一丝踪影，
  青天不许遗留。
干裂的土地
  感激它雨水的滋润，
以飘香的花果
表示由衷的谢忱。

祭拜往昔

胸前挂着怀旧的珠串，
　　虔诚的信女
　将"现代"当作供物
祭拜往昔。

冰河

冰河在喜马拉雅山的禅定中
    旦夕沉默，
在大熊星座的俯视下
    隐身于无言的皎洁，
由于太阳之手的抚摩，
    突然蠕动、奔腾，
向四面八方传播
    不竭的歌声。

朝霞

啊，朝霞，轻轻地走来，
　晓空的黑面纱，
　　轻轻地摘下！
啊，精灵，从心里
　帮助花蕾脱掉
　　淡红的罩衣！
啊，心儿，醒醒，
　麻木的枷锁，
　　奋力挣脱！
啊，灵魂，尊卑观念的
　虚妄的厚幔，
　　撕成碎片！

不能比翼双飞

驯养的鸟在笼里，自由的鸟在林中。

时间到了，他们相会，这是命中注定的。

自由的鸟说："啊，我的爱，让我们飞到林中去吧。"

笼中的鸟低声说："到这里来吧，让我俩都住在笼里。"

自由的鸟说："在栅栏中间，哪有展翅的余地呢？"

"可怜啊，"笼中的鸟说，"在天空中我不晓得到哪里去栖息。"

自由的鸟叫唤说："我的宝贝，唱起林野之歌吧。"

笼中的鸟说："坐在我旁边吧，我要教你说学者的话语。"

自由的鸟叫唤说："不，不！歌曲是不能传授的。"

笼中的鸟说："可怜的我啊，我不会唱林野之歌。"

他们的爱情因渴望而更加热烈，但是他们永不能比翼双飞。

他们隔栏相望，而他们相知的愿望是虚空的。

他们在依恋中振翼，唱道："靠近些吧，我的爱！"

自由的鸟叫唤说："这是做不到的，我怕这笼子的紧闭的门。"

笼里的鸟低声说："我的翅翼是无力的，而且已经死去了。"

为什么

灯为什么熄了呢?
我用斗篷遮住它，怕它被风吹灭，
因此灯熄了。

花为什么谢了呢?
我的狂热的爱把它紧压在我的心
上，因此花谢了。

泉为什么干了呢?
我筑起一道堤，把它拦起给我使
用，因此泉干了。

琴弦为什么断了呢?
我强弹一个它力不能胜的音节，
因此琴弦断了。

啊，女人

啊，女人，你不但是神的，而且是人的手工艺品。他们永远从心里用美来打扮你。

诗人用比喻的金线替你织网，画家们给你的身形以永新的不朽。

大海献上珍珠，矿山献上金子，夏日的花园献上花朵来装扮你，使你更加妩媚。

人类心中的愿望，在你的青春上洒上荣光。

你一半是女人，一半是梦想。

在卢普纳兰河岸

在卢普纳兰河岸，
我醒来了。
我知道，
这个世界并不是幻觉。
在血红的字里行间，
我看到了自己的容貌。
在各种逆境苦难中，
我认识了自己。
真理是严肃的，
所以我热爱严肃，
因为它从来不制造骗局。
为了获得真理的严肃价值，
在临死的时候，我应当偿还一切债务。

圣蒂尼克坦
1941 年 5 月 13 日

痛苦的黑夜

痛苦的黑夜一次又一次地
来到我的门前。
我发现这丑陋悲苦的外貌，
正是它唯一的利剑。
那么多的恐怖的姿态，
正是它在黑暗中行骗的序曲。
正因为我相信了它那恐怖的伪装，
才遭到了多次的失误。
这胜负的游戏，
这生活中的虚假的骗局，
从孩童时代起就寸步不离，
并且充满在痛苦的玩笑里。
这色彩斑驳的恐怖的浮动的图画——
这死亡的绝技，
深深地藏纳在黑暗里。

加尔各答
1941 年 7 月 29 日

在时光之海上 航行

永恒的沉默

"海水呀，你说的是什么？"

"是永恒的疑问。"

"天空呀，你回答的话是什么？"

"是永恒的沉默。"

谢谢火焰

谢谢火焰给你光明，
但是不要忘了那执灯的人，
他正坚忍地站在黑暗当中呢。

露珠

露珠对湖水说：
"你是荷叶下面的大露珠，
我是荷叶上面的较小的露珠。"

权势

权势对世界说：“你是我的。”
世界便把权势囚禁在他的宝座下面。
爱情对世界说：“我是你的。”
世界便给爱情在他屋内来往的自由。

根与枝

根是地下的枝。
枝是空中的根。

我要给你以新的生命

夜与逝去的日子接吻，
轻轻地在他耳旁说道：
"我是死，
是你的母亲。
我要给你以新的生命。"

在时光之海上……航行

185

黑夜呀

黑夜呀，
我感觉到你的美了，
你的美如一个可爱的妇人，
当她把灯熄灭了的时候。

蜜蜂道谢

蜜蜂从花中啜蜜，
离开时嘤嘤地道谢。
浅薄的蝴蝶却认为花是应该向它道谢的。

臻于完美

不是槌的打击，
乃是水的载歌载舞，
使鹅卵石臻于完美。

时间是变化的财富

时间是变化的财富，
时钟模仿它，
却只有变化而没有财富。

路呀

当我到这里到那里地旅行时，
路呀，我厌倦你了，但是现在，
当你引导我到各处去时，
我便爱上你，与你结婚了。

大理却只有沉默

杯中的水是清澈的，
海中的水却是黑色的。
小理可以用文字来说清楚，
大理却只有沉默。

叶的事业

果实的事业是尊贵的，
花的事业是甜美的，
但是让我做叶的事业吧，
叶是谦逊地、专心地垂着绿阴的。

鸟翼

如果鸟翼上系上了黄金，
这鸟便永不能再上天翱翔了。

当人是兽时

当人是兽时，
他比兽还坏。

附　录

本诗集新加标题与原诗集序号对照：

《罗网是坚韧的》、《锁链》、《旧死新生》为《吉檀迦利》28、31、37；《不能比翼双飞》、《为什么》、《啊，女人》为《园丁集》6、52、59；《永恒的沉默》、《谢谢火焰》、《露珠》、《权势》、《根与枝》、《我要给你以新的生命》、《黑夜呀》、《臻于完美》、《蜜蜂道谢》、《时间是变化的财富》、《路呀》、《大理却只有沉默》、《叶的事业》、《鸟翼》、《当人是兽时》为《飞鸟集》12、64、88、93、103、119、120、126、127、139、141、176、217、231、248；《只计算瞬息》、《在时光之海上航行》、《春天乘暖风扬洒花粉》、《火花奋翼》、《无从贴近》、《我的深爱》、《催绽满枝新叶》、《我胆小的奉献》、《天宇》、《遥远》、《我微思的彩蝶》、《昂首入云的高山》、《天帝与俗人》、《狂风》、《沧海》、《霞光》、《夜》、《我的花儿》、《泥灯》、《悲苦》、《晨曦》、《爱情是心灵的食粮》、《我许诺》、《春天》、《玫瑰》、《天幕上》、《夜空的繁星》、《群山》、《美》、《小人物》、《离情之灯》、《乌云》、《茉莉花》、《爱与强暴》、《我的庙宇》、《我心曲的飞鸟》、《爱情》、《天神与恶魔》、《现代的树上》、《旧爱》、《苦恋之火》、《祭火》、《酬报》、《书虫》、《粉蝶与蜜蜂》、《真理》、《白日》、《虔诚》、《门户》、《海岸与大海》、《轴心》、《白日灯里只有油》、《与光

共舞》、《天神与凡人》、《落日》、《露珠之链》、《暖风》、
《富翁的楼寨》、《收获》、《浮云》、《该有的均会到手》、
《冬季》、《我的树阴》、《阳光的骄傲》、《黑暗》、《脚
踹灰堆》、《乐善好施者》、《人该做事》、《休憩》、《死
的印记》、《荒凉的沙漠里》、《用爱情作交易》、《痛楚》
为《随感集》3、5、6、7、8、9、10、12、16、17、
19、20、23、24、25、28、29、30、36、37、40、
42、53、54、55、56、58、60、61、63、67、68、
72、75、77、84、88、89、90、91、93、98、100、
104、108、114、116、117、121、122、125、126、
130、135、137、139、144、153、155、158、159、
162、163、169、174、176、178、181、182、183、
184、187、188；《不同的两条河》、《神志的光芒》、《岁
月流逝》、《空而不空》为《病榻集》12、28、30、
36；《清新》、《精神食粮》、《暮云》、《奇葩》、《自己
关闭的门内》、《灯烛》、《贡献》、《我垂垂老矣》、《日
光》、《万世长存》、《灯火缓缓熄灭》、《鸟儿与思绪》、
《镂刻塑像》、《真知》、《红莲与小草》、《嘈杂的白昼》、
《相距不远》、《四周的黑夜》、《乌云》、《愿君认真思
考》、《花》、《心儿》、《泪泉》、《自己》、《自我》、《船
楼》、《洗濯》、《果树》、《漫漫云雾》、《大树与芳草》、
《春雨》、《真理不知何时憋死》、《疑惑顿消》、《这曲
调宜反复练习》、《创造》、《界定》、《诡计》、《神思》、
《明灯》、《开启彻悟》、《开辟光明的路径》、《心空》、《你
是春天的飞鸟》、《是开始也是结束》、《你的完美》、《黄

昏之舟》、《苦难》、《忧思与欢悦》、《启明星》、《安恬》、《新生》、《磨难将唤醒你豪迈的心》、《新颖》、《界线》、《对朝日膜拜》、《新旧羼杂的岁月之书》、《恒久的川资》、《爱情的原始光华》、《爱情的欢娱》、《香气》、《莫要寻问》、《花落》、《崇高的事业》、《讽刺太阳》、《风暴》、《具象中有意象》、《安逸》、《精神》、《一堆身外之物》、《盲目崇拜》、《真理的阳光》、《挖掘陷阱》、《心灵的璧玉》、《艰险是欢乐的旅伴》、《生命的价值》、《一朝辞别人世》、《萌发新绿》、《私物的包袱》、《巨细不分》、《我虽去犹在》、《一位旅人登上成功的顶峰》、《莲花》、《清凉的雨云》、《祭拜往昔》、《冰河》、《朝霞》为《火花集》7、9、15、24、25、26、27、29、32、33、44、46、47、48、49、50、52、53、55、56、59、60、61、64、65、66、67、68、69、70、71、74、76、77、79、80、82、84、92、95、96、101、104、105、106、114、117、119、122、126、127、128、129、131、133、136、138、142、143、146、147、148、152、153、161、163、167、169、170、175、178、179、188、189、198、203、215、218、237、239、241、245、250、251、253、254。

编后记

　　罗宾德拉纳特·泰戈尔（1861—1941）是印度著名诗人、作家。中国读者接触泰戈尔，大概是从1915年陈独秀在《新青年》上发表的从英文转译的泰戈尔4首短诗开始的。此后，中国一批年轻作家，诸如徐志摩、王统照、郑振铎、冰心等人，便开始从英文大量翻译泰戈尔的诗歌、小说等作品。特别是在1924年前后，在中国掀起了翻译和介绍泰戈尔作品的一个小高潮，泰戈尔在这一年的四五月间访问了中国。1961年，为纪念泰戈尔诞辰100周年，人民文学出版社出版了10卷本的《泰戈尔作品集》。《人民画报》1961年第6期专门开辟了"纪念印度诗人泰戈尔诞辰100周年"的专栏，刊登了徐悲鸿1940年为泰戈尔所画的肖像、泰戈尔在纨扇上为梅兰芳题写的赠诗以及中国出版的泰戈尔作品的照片等。除了石真女士翻译的作品外，其他绝大部分作品是从英文（少部分是从俄文）转译的。因此，一些读者误认为泰戈尔是用英文写作的诗人，并不知道泰戈尔是用孟加拉文写作的。一般读者比较熟悉冰心、郑振铎等人从英文翻译的《吉檀迦利》、《园丁集》、《新月集》、《飞鸟集》、《采果集》等作品，并不了解泰戈尔一生创作了50多部诗集，上述几部诗集只是泰戈尔诗歌创作的一小部分。

2001 年，河北教育出版社出版了《泰戈尔全集》，共 24 卷。1～8 卷为泰戈尔的诗歌（其中除冰心翻译的《吉檀迦利》外，全部从孟加拉文直接翻译）。对于文学研究者来说，通读泰戈尔的全部诗作是必要的，但是对一般读者来说就比较困难，因为他们没有那么多的时间和精力。我的挚友——中国印度比较文学研究领域的著名学者、深圳大学郁龙余教授，用一个寒假的时间，仔细通读了泰戈尔的全部诗作。他读后很有感触，于是建议我选编一套"泰戈尔诗歌精选"丛书，以满足广大读者，特别是青年读者的需要。我接受了这个建议，着手选编这套丛书。在选编过程中，郁龙余教授给予了我多方面的帮助和指导，实际上郁老师是这套丛书的真正策划者。没有他的策划和指导，就不会有这套丛书的问世。需要说明的是，绝大部分诗歌选自原有的译文，但也有少部分是编者新译。

本套丛书所选诗歌大部分都有标题，也有一小部分没有标题，只有序号。为了体例的统一和阅读的方便，凡是没有标题的诗歌，编者都加了标题。加标题的方法有以下三种：

第一种：从诗中选取一行，作为该诗的标题；第二种：从诗中选取一个词语或短语作为标题；第三种：根据一首诗的含义而添加标题。

丛书中新加标题的诗与原诗的对应关系，详见各集附录。

　　"泰戈尔诗歌精选"丛书的译诗分别出自五位译者。他们是冰心（《吉檀迦利》、《园丁集》），郑振铎（《飞鸟集》），黄志坤（《故事诗集》、《暮歌集》、《晨歌集》、《小径集》、《献祭集》、《渡口集》、《歌之花环集》、《瞬息集》、《祭品集》、《献歌集》），董友忱（《画与歌集》、《刚与柔集》、《心声集》、《收获集》、《穆胡亚集》及诗剧《大自然的报复》、《秋天的节日》等），其余为白开元译。

　　希望这套丛书能帮助广大读者（特别是年轻的读者）真正了解泰戈尔，并从他的诗歌中汲取精神营养，理解人生真谛。

　　我衷心感谢外语教学与研究出版社汉语分社的同事们！没有他们的支持和帮助，这套丛书是无法问世的。我还要感谢季羡林师长为本套丛书题写了丛书名。

　　由于编者水平所限，疏漏和错误在所难免。敬请专家和读者批评指正。

董友忱